さよちゃんのおくりもの

SAIKI Kei
彩樹けい

文芸社

たっちゃんには、大切にしている宝物があります。それは、ちょうど手のひらにのるくらいの大きさの、きれいなガラスのびんです。

小さいけれど、たっちゃんのためにきらきら輝《かがや》いているように思えます。ガラスのびんを見ていると、たっちゃんはいろいろなことを思い出して、ちょっぴり淋《さみ》しいような、でも心が温かくなるような、不思議な気持ちになるのです。

たっちゃんは、この宝物を誰《だれ》にも見せたことがありません。宝物をくれたお友だちのことも、誰《だれ》にも話したことはありません。自分の心の中だけで大切にしておきたかったのです。

そのお友だちはたぶん、たっちゃんだけに見えていたようでした。誰《だれ》かに話しても、信じてもらえなかったでしょう。

それでもいいのです。そのお友だちとの思い出は、たっちゃんにとってとても大切なものなのですから。そのお友だちが教えてくれたことこそが、たっちゃんへの本当のおくりものだったのですから……。


お友だちとの出会いは、小学一年生のたっちゃんが、あと二か月ほどで二年生になる頃のことでした。

＊

「たっちゃん、もうすぐお家《うち》に着くわよ」

お母さんに言われて、少し疲《つか》れて眠《ねむ》っていたたっちゃんは目を覚ましました。お父さんとお母さん、お姉ちゃんと四人で、タクシーに乗ってお家《うち》へ帰ってきたところです。

車の窓から外を見ると、もう薄《うす》暗くなってきていました。

タクシーを降りた時、たっちゃんは、道の少し先がぽっと明るく光ったような気がしました。あれっ？　と思ってまばたきをしてもう一度見ると、たっちゃんと同じ年くらいの小さな女の子が立っていました。白い服を着た、たっちゃんの知らない子が、こちらをじっと見ています。

たっちゃんは、にこっと笑ってその女の子に手を振《ふ》りました。女の子は驚《おどろ》いた様子を見せると、次の瞬間、まるで消えるように、ふっと見えなくなってしまいました。

「あっ……」

たっちゃんは、女の子がいたところまで走っていきました。でも、誰《だれ》もいません。あたりを見回しましたが、やっぱり女の子はどこにもいませんでした。

夢だったのかな？　確かに女の子がいて、こっちを見ていたのに……。

「たっちゃん、何してるの？」

後ろから、お母さんが声をかけました。

「……うん。何でもない」

たっちゃんは、女の子を捜《さが》すように何度も振《ふ》り返りながら、お家《うち》へ戻《もど》っていきました。

次の日……。お家《うち》では、白い台の上におばあさんのお写真が飾《かざ》られていました。大好きだった薄《うす》むらさき色のお花に囲まれて、おばあさんは幸せそうに笑っています。

昨日は、遠い天国へ行ってしまったおばあさんとの、お別れの式の日でした。

おばあさんとの最後のお別れ……。それはたっちゃんもわかっていました。でも、一年生のたっちゃんには難しいお話も多くて、何もできないまま終わってしまいました。

いつも可愛がってくれた優しいおばあさんを、たっちゃんは大好きだったのに……。

「おばあちゃん……」

たっちゃんは呼びかけてみました。でも、お写真は答えてはくれませんでした。

夕方、たっちゃんが一人でお部屋にいた時です。昨日、お家《うち》に帰ってきた時と同じように、外にぽっと明るい光が見えたような気がしました。たっちゃんは窓をあけました。

「あっ！」

あの白い服の小さい女の子がそこにいて、じっとたっちゃんを見ていたのです。

「きみは、昨日ぼくのことを見てた子？」

たっちゃんがそっと声をかけると、女の子は少しはずかしそうにうなずきました。

やっぱり夢じゃなかったんだ……。そう思って、たっちゃんは女の子にたずねました。

「きみは誰《だれ》？　どこから来たの？」

「私は、〝さようなら〟よ」

女の子は、小さい声で言いました。

「え？　〝さようなら〟っていう名前なの？」

「ううん。〝さようなら〟そのものよ」

たっちゃんはよくわからずに、不思議そうに女の子を見ていました。ちょっぴり淋《さみ》しそうな目をした、ふわふわした女の子……。そんなふうに見えました。

「大切な人とさようならをしなければならなくなった子がいると、私はその子のもとへ行くのよ。私は〝さようならの精《せい》〟なの」

さようならの精《せい》……？

「ぼく、絵本で読んだことがあるよ。妖精《ようせい》のお話って……。きみも妖精《ようせい》なの？」

「そうよ」

本当に妖精《ようせい》がいるなんて……。たっちゃんは驚《おどろ》きましたが、この女の子を見ていると、すべてが信じられたのです。

「ぼく、おばあちゃんとさようならをしたばかりなんだ。もしかして、だからきみがぼくのところへ来たっていうことなの？」

「そうよ。でも、今まで誰《だれ》のところへ行っても、みんな私に気がついてくれなくて……。私はそのまま消えてしまっていたの」

「えっ？　そんな……」

「昨日、私に気がついてくれたでしょう？　こういうこと、初めてだったの。だから、こうして会ってお話ができるのよ」

「それなら、ぼく、気がついてよかった」

「だからね、私のことはたっちゃんだけにしか見えないし、声も聞こえないの」

「えっ？　ぼくの名前、知ってるの？」

「うん。私にはわかるの。本当よ」

「もちろん、ぼくはきみのこと信じるよ」

「ありがとう、たっちゃん」

〝妖精《ようせい》〟の女の子は、うれしそうに大きな目をきらきらさせてたっちゃんを見ました。

「たっちゃん。やっぱり、お別れしたおばあさんのこと、大好きだったんだね」

「うん。おばあちゃんはいつも優しくて、大好きだった……じゃなくて、大好きだよ」

たっちゃんは、しんみりして言いました。

「そう……。だからたっちゃんは今、淋《さみ》しそうで、悲しそうなんだね」

たっちゃんはハッとしました。女の子にそう言われて、自分の本当の淋《さみ》しさや悲しい気持ちにやっと気がついたのです。

女の子は、たっちゃんの気持ちがわかっているかのように、優しく言いました。

「でも、今のままだと、おばあさんも淋《さみ》しいし、たっちゃんだってもっと淋《さみ》しくなっていくよ」

「え……？」

「ちゃんと〝さようなら〟をしてね」

「〝さようなら〟を……?」

おばあさんはもういない……。わかっていても何だかまだ夢のようで、たっちゃんはお別れの言葉さえ伝えられませんでした。本当は、言いたいことがもっとたくさんあったのに……。

女の子は〝さようならの精《せい》〟。そのことをわかってくれていたのです。

「タツオはやんちゃだから、おばあちゃんはいつも心配していたんだぞ」

昨日、お父さんにそう言われたことを、たっちゃんは思い出しました。

「ぼくね、おばあちゃんにはすごく可愛がってもらったのに、いたずらして困らせたりしちゃったの。ごめんねって、本当は思っていたんだけど、はずかしくて、うまく言えなくて……」

「たっちゃんのそういう気持ちも、ちゃんとおばあさんに伝えてあげてね」

「ぼくの、気持ち……」

女の子は、じっとたっちゃんを見つめていました。きらきらした目と優しい声からは、たっちゃんのことを思ってくれる心が、まっすぐに伝わってきました。

「うん。ぼく、きっとそうするよ」

たっちゃんが言うと、女の子は笑ってうなずいてくれました。

「ありがとう。ええと……」

言いかけて、たっちゃんは考えました。

「ぼく、きみのこと何て呼んだらいい？　そうだ。〝さよちゃん〟って、どうかな？」

「さよちゃん？」

「そう。ぼくはタツオだから、みんなたっちゃんって呼ぶんだよ。きみが〝さようならの子〟なら、さよちゃんがいいんじゃないかな」

「うん！　たっちゃんがそう言ってくれるなら、私、さよちゃんがいい」

そう言うと、〝さよちゃん〟は、たっちゃんと一緒に楽しそうに笑いました。

「ねえ、たっちゃん。手を出して」

たっちゃんは手を出しました。さよちゃんも手を差し出して、たっちゃんに何かを渡してくれました。さよちゃんは妖精《ようせい》ですが、たっちゃんと同じように温かい手をしていました。

「それ、たっちゃんにあげる」

さよちゃんがくれたのは、小さなガラスのびんでした。たっちゃんが見たことのないくらいきれいで、きらきらと輝《かがや》いています。

「いいの？　こんなにきれいなもの」

「うん。たっちゃんに会えたお礼」

「ありがとう。ぼく、大切にするからね」

さよちゃんはうなずきました。それから少し、二人で楽しくお話をしました。

「ねえ、さよちゃん。また来てくれる？」

「来てもいいの？　本当に？」

「もちろん。ぼく、楽しみに待ってるよ」

さよちゃんはうれしそうにうなずくと、たっちゃんに手を振《ふ》りました。たっちゃんも手を振《ふ》りました。そしてさよちゃんは、昨日と同じように、ふっと見えなくなってしまいました。

＊

次の朝、たっちゃんはおばあさんのお写真の前に座りました。おばあさんは今日も、薄《うす》むらさき色のお花と一緒に笑っています。

「おばあちゃん……」

たっちゃんは、そっと呼びかけました。おばあさんとの楽しく温かい思い出が、次々によみがえってくるようでした。

お家《うち》の中を走り回っておばあさんの大切な花びんを割ってしまったこと、おばあさんの言うことを聞かずに木に登り、そこから落ちて大けがをしてしまったこと……。いろいろなことが、心の中に浮かんできました。

その時、たっちゃんは昨日のさよちゃんの言葉を思い出したのです。

(たっちゃんの気持ち、ちゃんとおばあさんに伝えてあげてね……)

たっちゃんは、小さい声で言いました。

「おばあちゃん、あの時はごめんなさい」

その声が聞こえたらしく、お母さんが来てたっちゃんのとなりに座りました。

「お母さん。やっぱりおばあちゃんは、本当にいなくなっちゃったんだね」

たっちゃんがそう言うと、お母さんは悲しそうにうなずきました。

「でも、たっちゃんの気持ちはきっと天国のおばあちゃんに届いたわよ。おばあちゃんはね、ずっとたっちゃんの心の中にいるの」

もう、おばあさんに会えない……。そう思うと、たっちゃんは悲しくてたまらなくなりました。その思いをこらえ、今まで言えなかったお別れを、お写真に向かって言いました。

「ありがとう、おばあちゃん。さようなら」

たっちゃん、ありがとう……。そう言って、おばあさんがお写真の中から笑いかけてくれたように見えました。たっちゃんの目から、涙《なみだ》がこぼれ落ちました。

たっちゃんが一人でお部屋に戻《もど》った時、机の上でさよちゃんがくれたガラスのびんが、きらっと光りました。

何だろう……？　たっちゃんは、不思議に思ってびんの中を見ました。

空っぽだったびんの中に、薄《うす》むらさき色に輝《かがや》くきれいな粒《つぶ》が一つ、入っていました。

＊

おばあさんのことで何日かお休みしたたっちゃんは、次の日、一番仲良しのお友だちの良《りょう》ちゃんと一緒に学校へ行きました。

「先生、おはようございます」

「おはよう。たっちゃん、良ちゃん」

担任のゆみ子先生は、たっちゃんのことを心配して待っていてくれました。

「たっちゃん、大変だったわね。元気？」

「はい」

「そう。それならよかったわ」

ゆみ子先生は、優しく言ってくれました。

その日、たっちゃんはゆみ子先生とお勉強をしたり、良ちゃんやほかのお友だちと一緒に遊んだりして、いつものように過ごしました。

たっちゃんに、少しずつ元気が戻《もど》ってきました。

それから何日かたった日の夕方、たっちゃんが一人でお部屋にいると、また外にぽっと明るい光が見えました。たっちゃんが窓をあけると、さよちゃんが笑顔で手を振《ふ》っていました。

「さよちゃん！　また来てくれたんだね」

「うん。たっちゃんに会いたかったから」

「ぼくも会いたかったよ。さよちゃん」

たっちゃんは、机に置いておいたあのガラスのびんを、大事そうに手に取りました。

「さよちゃん。これ、どうもありがとう。ぼく、大切にしているよ」

さよちゃんは、笑ってうなずきました。

「もらった時、空っぽだったよね？　でも、さよちゃんが帰ったあとに見たら、薄《うす》むらさき色のきれいな粒《つぶ》が入っていたの」

その粒《つぶ》は、前にお母さんが見せてくれた〝しんじゅ〟のようでした。でも、たっちゃんにはもっときれいに輝《かがや》いて見えたのです。

「さよちゃん、これは何？」

「たっちゃんが、おばあさんとちゃんとさようならができたしるしよ」

「さようならができたしるし？」

おばあさんは、この粒《つぶ》と同じ薄《うす》むらさき色のお花が大好きでした。たっちゃんはあの日、そのお花に囲まれたお写真に向かって、〝さようなら〟が言えたのです。

「これも、さよちゃんがぼくにくれたの？」

さよちゃんはうなずきました。

「ぼく、さよちゃんのおかげだと思うよ」

「え……？」

「気持ちを伝えてあげてねって、さよちゃんが言ってくれたから、ぼく、おばあちゃんとさようならができたんだよ」

「本当？」

「うん。……ありがとう、さよちゃん」

「それなら、私、やっぱりたっちゃんのところへ来られて……、会えてよかった」

さよちゃんはまた、目をきらきらさせながら、小さな声で言いました。

「このびん、ぼくの宝物にするからね」

「たっちゃん……。ありがとう」

この日も、たっちゃんとさよちゃんは楽しくお話をしました。そのあとさよちゃんは、またふっといなくなってしまいました。たっちゃんはちょっぴり淋《さみ》しくなって、ガラスのびんを手に、さよちゃん、また来てね……と、心の中で言いました。

たっちゃんは、びんの銀色のふたをあけようとして、手を止めました。この粒《つぶ》は、きっと手を触《ふ》れてはいけない大切な宝物……。たっちゃんには、そう思えたのです。

それからさよちゃんは、たっちゃんが一人でお部屋にいると時々窓の外に来て、二人でお話をするようになりました。短いけれど、とても楽しい時間でした。

たっちゃんとさよちゃんは、少しずつ仲良しになっていきました。

*

ある日の放課後のことです。

「たっちゃん。恐竜《きょうりゅう》の形の消しゴムってどういうの？　ぼくにも見せてよ」

「だめ。ぼくの大事なものなの。買ってもらったばっかりなんだから」

お家《うち》へ帰りかけて、たっちゃんと良ちゃんは校庭をバタバタと走り回っていました。

「見せて。ちょっとだけでいいから」

「だめだってば！」

追いかけっこをしているうちに、二人ともつまずいて、一緒に転んでしまいました。

「いててて……」

立ち上がって、二人とも「あっ！」と声を上げました。

そこは、校庭の花壇《かだん》の中でした。二人が転んだために、植えてあったお花の苗が、何本か倒《たお》れてしまっています。

「いけない！　どうしよう」

倒《たお》れたお花の苗をじっと見ていたたっちゃんは、おばあさんの話を思い出しました。

たっちゃんが大切な花びんを割ってしまった時、おばあさんが言ったのは花びんではなく、中のお花のことだったのです。

（たっちゃん、お花だって生きているの。決して踏《ふ》みつけたりしてはいけないのよ）

たっちゃんは、真剣な声で言いました。

「良ちゃん。お花、ぼくたちでちゃんと植え直そう」

「そうしよう。このままじゃだめだね」

たっちゃんも良ちゃんも手を泥だらけにして、倒《たお》してしまったお花の苗を、一本ずつていねいに植え直していきました。二人とも一生懸命《いっしょうけんめい》でした。

お花の苗はみんな無事でした。何とか二人でちゃんと植え直すことができました。

「お花さんたち、ごめんね」

たっちゃんが小さい声で言った時でした。

「どうしたの？　二人とも」

声が聞こえ、たっちゃんも良ちゃんも、びっくりして振《ふ》り返りました。ゆみ子先生がすぐそばで二人を見ていたのです。

「先生、ごめんなさい。ぼくたち……」

たっちゃんと良ちゃんは、ゆみ子先生にわけを話しました。しかられると思いましたが、花壇《かだん》を見たゆみ子先生は言いました。

「そしたら、最後にお水をあげてね」

二人は、ゆみ子先生と一緒にじょうろでお花の苗にお水をあげました。すると、花壇《かだん》はすっかり元どおりになりました。

「これで、もう大丈夫よ」

「ごめんなさい、ゆみ子先生」

「もういいわ。良ちゃんもたっちゃんもちゃんと謝ってくれたし、お花の苗も植え直してくれたから。でも、これからは気をつけてね」

「はい、先生」

ゆみ子先生は、水道場でたっちゃんと良ちゃんの手についた泥を洗ってくれました。

それから二人は、先生に見送られて一緒にお家《うち》へ帰りました。

「お花、植え直してあげてよかったね」

二人はそう話しながら、いつもより遅い帰り道を歩いていきました。たっちゃんは、心の中でおばあさんにもお礼を言いました。


何日かたったある日、たっちゃんはまた、いつもより遅く学校から帰ってきました。

「どうしたの？　そのけが」

先にお家《うち》に帰っていた五年生のお姉ちゃんは、たっちゃんのおでこに大きなばんそうこうが貼《は》ってあるのを見て、驚《おどろ》いて言いました。

「転んだの」

「転んだって、学校で？」

たっちゃんは、何も答えません。

「あっ。手にもけがしてるじゃない」

「だから、バーン！　って転んだの」

「もう、わんぱくなんだから。大丈夫なの？」

「こんなの、何でもないよ！」

それだけ言うと、たっちゃんは一人でお部屋へ入っていきました。


その日の夕方、またさよちゃんが来てくれました。さよちゃんは、たっちゃんのけがを心配そうにじっと見ています。

「たっちゃん。けが、大丈夫？　痛い？」

「こんなの、痛くなんかないよ！」

でも、そう言ったたっちゃんの顔は、どう見ても痛そうでした。

「たっちゃん、やっぱり優しいんだね。私、知ってるの。どうしてけがをしたか」

「えっ？」

さよちゃんにそう言われて、たっちゃんは何だかはずかしくなってしまいました。

「さよちゃんには見えるっていうことなんだね。でも、そのこと誰《だれ》にも言わないでね」

「私、誰《だれ》にも言えないから……」

「あっ……」

私のことはたっちゃんだけにしか見えないし、声も聞こえないの……。初めて会ったあの時、さよちゃんはそう言っていたのです。

「ごめんね、さよちゃん。気がつかないで悪いこと言っちゃった。お友だちなのに……」

「お友だち?」

さよちゃんはハッとしたようにたっちゃんを見ました。たっちゃんは、そんなさよちゃんに優しく笑いかけながら言いました。

「そうだよ。さよちゃんはぼくのお友だち、ぼくはさよちゃんのお友だちだよ」

「本当?」

「うん。だからさよちゃんも思ってね。『たっちゃんは私のお友だち、私はたっちゃんのお友だち』だって……」

たっちゃんはこの時、さよちゃんの目に涙《なみだ》が浮かんでいるように見えました。そして、ふと思ったのです。

（ぼくには、良ちゃんとかほかにもお友だちがいるけれど、さよちゃんにはきっと、ぼくしかお友だちがいないんだ……）

そう思うと、さよちゃんが本当に大切なお友だちであるような気がしました。

「あのね、たっちゃん。もうすぐ……」

さよちゃんは、何だかつらそうな目でたっちゃんを見つめながら言いました。

「もうすぐ、何？　ぼくにお話があるの？」

何でもない、と言うように首を振《ふ》ると、さよちゃんはくるっと後ろを向きました。そして、そのままふっと見えなくなってしまいました。

＊

三月になり、町も少しずつ春の景色になってきました。もうすぐ二年生……。たっちゃんも、そのことを楽しみにしていました。

ただ、あの時のさよちゃんの様子と、このごろ良ちゃんの元気がないことが、たっちゃんは気になっていたのです。

「みんな、静かにして聞いてください。今日は先生から大事なお話があります」

その日、お帰りの会で、ゆみ子先生は今までになく真剣な顔で言いました。

「先生は、三月いっぱいで学校をやめることになりました。淋《さみ》しいけれど、もうすぐみんなとさようならをしなければなりません」

「えーっ！」

みんな、びっくりして先生を見ました。

「この一年三組は四月からそのまま二年三組になるけど、その時は新しい先生が来てくれます。だからみんな、その先生の言うことをよく聞いて、いい子でいてね」

教室は、しーんとしてしまいました。ゆみ子先生は、そんなみんなの顔を一人一人見るようにしながら言いました。

「みんな、びっくりさせちゃってごめんね。もう残り少なくなっちゃったけど、先生は最後までみんなの先生です。それまで、一緒に楽しく過ごしましょうね」

その日の帰り道、たっちゃんも良ちゃんもしょんぼりして歩いていました。

「ゆみ子先生、やめちゃうんだね。ぼく、二年生でも教えてもらえると思ってたのに」

たっちゃんは淋《さみ》しそうに言いました。でも良ちゃんは、下を向いて黙《だま》ったままです。

「ぼく、いたずらして先生を困らせちゃったし……。先生、いやになってないかな？」

やっぱり、良ちゃんは何も言いません。

「ねえ、どうしたの？　良ちゃん」

「あのね、たっちゃん……」

良ちゃんは、やっと答えてくれました。そして、悲しそうな目をして言いました。

「ゆみ子先生だけじゃなくて、ぼくも……」

「ぼくも……って？」

「ぼくも三月で転校することになって、もうすぐたっちゃんたちとさようならなんだ」

「えっ？　どうして？」

「〝てんきん〟って言って、お父さんがお仕事で別の町に行くことになったから、ぼくもそこへ引っ越しするの」

良ちゃんの元気がなかったわけが、たっちゃんにはやっとわかりました。

「いつ行っちゃうの？」

「学校が終わる次の次の次の日」

良ちゃんは、転校する先の町の名前を教えてくれました。たっちゃんの知らない、どこにあるのかもわからない町でした。

「本当は、たっちゃんにだけはもっと早く言おうと思ってたんだけど、ぼく、悲しくなっちゃって、なかなか言えなくて……」

良ちゃんの目から、涙《なみだ》が一つこぼれました。

「たっちゃん、ごめんね」

それだけ言うと、良ちゃんは一人でお家《うち》のほうへ走っていってしまいました。

たっちゃんも、良ちゃんと同じくらいしょんぼりしてお家《うち》へ帰ってきました。二年生になるのを楽しみにしていたのに、その気持ちさえどこかへ行ってしまいました。

（いやだよ。またさようならなんて……）

一人でお部屋に戻《もど》ってからも、たっちゃんはずっと考えこんでいました。

たっちゃんは、おばあさんとお別れをしたばかりです。そして今度は、ゆみ子先生や良ちゃんとさようならです。みんな、たっちゃんの大好きな人たちなのに……。

「どうして……？」

そうつぶやいた時、さよちゃんがくれたガラスのびんが目に入りました。

もうすぐ……。あの時、さよちゃんはそう言っていました。もうすぐ、またたっちゃんにさようならが来る……。さよちゃんはきっと、そう言いたくて、でも言えなかったのです。

（大切な人とさようならをしなければならなくなった子がいると、私はその子のもとへ行くのよ。私は〝さようならの精《せい》〟なの）

今まで、さよちゃんに会うことが楽しくて忘れていたその言葉が、たっちゃんの中に急によみがえってきました。

（もしかして……、さよちゃんがぼくにさようならを持ってきたの？　さよちゃんが来たから、ぼくは良ちゃんやゆみ子先生とさようならをしなければならなくなったの？）

さよちゃんのせいだ……。ガラスのびんを見ているうちに、たっちゃんにはそう思えてきたのです。自分でもよくわからないまま、その思いだけがだんだんふくらんできました。

こんなもの……！　たっちゃんは、ガラスのびんをつかんで、窓をあけました。

「さよちゃんなんか来なければ……」

ビクッとして、たっちゃんの手が止まりました。窓の外にさよちゃんがいたのです。

さよちゃんは目にいっぱい涙《なみだ》をためて、じっとたっちゃんを見つめていました。

さよちゃんを見たたっちゃんも、急に涙《なみだ》がこみ上げてきました。宝物のガラスのびんを捨てるなんて、やはりできませんでした。

「さよちゃん、ぼく……」

たっちゃんはやっぱり、さよちゃんのことが大好きなのです。それなのに……。

さよちゃんは背中を向けると、そのまま駆《か》け出していってしまいました。

「ごめんね、さよちゃん。ごめんね」

たっちゃんがそう言った時、さよちゃんの姿はもう見えなくなっていました。

＊

そのまま、何日かが過ぎていきました。

転校の話を聞いてから、たっちゃんは良ちゃんとあまりお話ができないままでした。

たっちゃんがずっと元気のないことに気がついて、お父さんは言いました。

「タツオ。お前がそんな顔してたら、良ちゃんだって安心して転校できなくなるぞ」

お姉ちゃんも教えてくれました。

「たっちゃん。ゆみ子先生は〝けっこん〟するからやめるんだって。学校で聞いたよ」

たっちゃんも、それがゆみ子先生にとっていいことなのは何となくわかっています。

それでも、淋《さみ》しさは変わりませんでした。


あの日から、さよちゃんも来ません。

たっちゃんは、もう二度とさよちゃんと会えないのではないかと心配で、ガラスのびんをじっと見つめていました。

「さよちゃん……」

たっちゃんは、そっと呼びかけました。

すると、どこからかさよちゃんの声が聞こえてきたのです。たっちゃんだけにしか聞こえない、さよちゃんの声が……。

（たっちゃんは、ゆみ子先生のことも、良ちゃんのことも、大好きなんだね）

あっ、さよちゃん……！　たっちゃんは、思わずガラスのびんを手に取りました。そして、びんに話しかけるように言いました。

「うん。大好きだよ」

（ちゃんと〝さようなら〟をしてね。そうしないと、ゆみ子先生も良ちゃんも淋《さみ》しいし、たっちゃんだってもっと淋《さみ》しくなっていくよ）

「……そうだね」

たっちゃんはうなずきました。そして、さよちゃんの笑顔を思い浮かべました。

「さよちゃん。ぼくの気持ちをちゃんと伝えてって、あの時、言ってくれたよね。ぼく、今度もきっとそうするよ」

その時、ガラスのびんがきらっと光りました。さよちゃんがまた大切なことを教えてくれたのだと、たっちゃんは思いました。

*

終業式の前の日になりました。

帰りにたっちゃんが外に出てくると、ゆみ子先生が花壇《かだん》にお水をあげていました。

「ゆみ子先生、何をしているんですか？」

「あら、たっちゃん」

ゆみ子先生は、じょうろを置いてたっちゃんのそばに来てくれました。

「花壇《かだん》にお花の苗を植えたのよ。先生、明日でこの学校とお別れでしょう？　思い出に何か残していきたかったの。みんなが二年生になって、夏休みの前くらいに咲くからね」

「あの……。ゆみ子先生、ごめんなさい」

「花壇《かだん》のことならもういいの。ほら、見て。あの時たっちゃんたちが植え直してくれた苗も、みんな元気に育っているでしょう」

「花壇《かだん》のこともあるけど、ぼく、ほかにもいたずらとか、いろいろしちゃったから」

教室でかけっこをしたり、黒板に落書きをしたり……。たっちゃんが改めて謝ると、ゆみ子先生は優しく、でもはっきり言いました。

「たっちゃん。先生はね、いたずらは悪いことだけど、いたずらして謝らなかったり、知らんぷりしたりするのはもっと悪いことだと思うの。先生が許してあげたのは、たっちゃんはそうじゃなかったからよ。でも、これからはもう、いたずらもしないでね」

「はい、先生」

「それに、たっちゃんはやんちゃだけど、本当は優しい子だって、先生わかってるから。だって、みほちゃんが三年生の子にいじめられていた時、助けてあげたんでしょう」

「えっ？　どうして知っているの？」

「みほちゃんが、先生に話してくれたのよ」

郵 便 は が き

料金受取人払郵便

新宿局承認

2524

差出有効期間
2025年3月
31日まで
(切手不要)

1 6 0-8 7 9 1

141

東京都新宿区新宿1－10－1

(株)文芸社

愛読者カード係 行

お名前《ふりがな》			明治 大正 昭和 平成 年生 歳	
ご住所《ふりがな》	□□□-□□□□		性別 男・女	
お電話番号	(書籍ご注文の際に必要です)	ご職業		
E-mail				
ご購読雑誌(複数可)		ご購読新聞 新聞		

最近読んでおもしろかった本や今後、とりあげてほしいテーマをお教えください。

ご自分の研究成果や経験、お考え等を出版してみたいというお気持ちはありますか。

ある ない 内容・テーマ( )

現在完成した作品をお持ちですか。

ある ない ジャンル・原稿量( )

書　名			
お買上 書　店	都道　　　　　　市区 府県　　　　　　郡	書店名	書店
		ご購入日	年　　月　　日

本書をどこでお知りになりましたか?

1.書店店頭　2.知人にすすめられて　3.インターネット(サイト名　　　　　　　　)

4.DMハガキ　5.広告、記事を見て(新聞、雑誌名　　　　　　　　)

上の質問に関連して、ご購入の決め手となったのは?

1.タイトル　2.著者　3.内容　4.カバーデザイン　5.帯

その他ご自由にお書きください。

(　　　　　　　　　　　　　　　　　　　　)

本書についてのご意見、ご感想をお聞かせください。

①内容について

②カバー、タイトル、帯について

弊社Webサイトからもご意見、ご感想をお寄せいただけます。

ご協力ありがとうございました。

※お寄せいただいたご意見、ご感想は新聞広告等で匿名にて使わせていただくことがあります。

※お客様の個人情報は、小社からの連絡のみに使用します。社外に提供することは一切ありません。

■書籍のご注文は、お近くの書店または、ブックサービス(0120-29-9625)、セブンネットショッピング(http://7net.omni7.jp/)にお申し込み下さい。

みほちゃんは、同じ一年三組の女の子で、クラスで一番小さい子です。

その日、たっちゃんが帰りに校門のあたりまで来た時、そのみほちゃんが、二人の上級生の男の子にいじめられていたのです。

「やーい！　チビ、チビ！」

二人はそう言って何度もみほちゃんをつっつき、手さげかばんを取ってしまいました。

みほちゃんは、泣き出しそうな声で、何度も「返して……」と言いました。でも、二人はいじめるのをやめません。たっちゃんも背は小さいので、みほちゃんの気持ちが自分のことのようにわかったのです。

「やめろ！」

気がつくと、たっちゃんは二人に向かって叫んでいました。

「チビなんて、そんなことでいじめるな！」

「何だと？　こいつ！」

二人はたっちゃんに向かってきました。

「お前も一年生だろ？　一年生のくせに、三年生にえらそうなこと言っていいのかよ」

「そう言えば、お前もずいぶんチビだな」

二人の三年生は、今度はたっちゃんをつっつきはじめました。負けず嫌《ぎら》いのたっちゃんは、それでも二人に向かっていきました。

「みほちゃんがかわいそうだろ！」

「うるさい、チビ！」

二人は、たっちゃんをつきとばしました。たっちゃんはバーン！　と転んでしまい、おでこと手を大きくすりむいてしまいました。

たっちゃんは、痛いのをこらえて、必死になって言いました。

「チ、チビなんて、なりたくてチビになったんじゃない！　自分でどうにもできないんだよ！　そういうことで人をいじめるなんて、絶対にいけないんだって、おか……」

お母さんが言ってた……。たっちゃんは言いかけました。確かに、お母さんもお父さんもそう教えてくれました。でも今、たっちゃん自身が本気でそう思ったのです。

「だから、そんなことでいじめるな！」

二人とも、びっくりしてたっちゃんを見ました。その勢いに飲まれたのか、二人はみほちゃんに手さげかばんを投げ返すと、逃げるようにどこかへ走っていきました。

「ありがとう……」

みほちゃんは泣きながら、たっちゃんに何度も言いました。優しいみほちゃんは、転んでけがをしたたっちゃんを、保健室へ連れていってくれました。

「たっちゃんが誰《だれ》にも言うなって言ったらしいから、先生も今まで黙《だま》ってたけど……」

「だって……、ぼく、転んでけがなんかしちゃって、かっこ悪かったから」

「かっこ悪くなんかないよ。たっちゃんは正しかったの。その三年生の子たちね、あとで謝ってくれたって、みほちゃん言ってた」

「えっ。本当？」

「本当よ。そういうところが、たっちゃんのいいところだと思うし、そんなたっちゃんが先生は好きだけどな」

たっちゃんははずかしそうに、でもいろいろな気持ちをこめて言いました。

「ゆみ子先生、ありがとう」

「先生のほうこそ、いろいろありがとう」

ゆみ子先生は、笑って言ってくれました。

「先生が学校をやめても、また会えますか?」

「そうね。先生は今度、とても遠い町へ行くことになったの。だからお約束はできないけれど、いつか会えたらいいね。それまでずっと、元気なたっちゃんでいてね」

「はい、先生」

たっちゃんは泣きそうでした。でも、一生懸命《いっしょうけんめい》がまんして、大きな声で言いました。

「ゆみ子先生、さようなら」

たっちゃんはそのまま、校庭を横切って思いっきり走っていきました。


次の日は、終業式がありました。校庭に並んで校長先生のお話を聞き、いつもより改まった薄《うす》いピンク色のお洋服を着たゆみ子先生も、学校をやめるごあいさつをしました。

教室に戻《もど》ると、ゆみ子先生は一年三組のみんなに言ってくれました。

「先生は、みんなのことをいつまでも忘れません。これからも元気で、いい子で大きくなってね。一年間ありがとう。さようなら」

良ちゃんも、みんなの前できちんと転校のごあいさつをしました。とても立派でした。

そして最後に、ゆみ子先生が教えてくれた思い出の歌を、みんな一緒に歌いました。

こうして、たっちゃんの小学一年生の日々は終わりました。


次の次の次の日、たっちゃんは、良ちゃんのお家《うち》の前に来ていました。

もう、お家《うち》の中は空っぽになっているのが見えます。たっちゃんはなかなか良ちゃんを呼べずに、じっとお家《うち》の前に立っていました。

しばらくすると、緑色のジャンパーを着てリュックをしょった良ちゃんが、お母さんと二人でお家《うち》から出てきました。

「……良ちゃん」

「あら、たっちゃん。来てくれたの？」

良ちゃんのお母さんが声をかけてくれました。たっちゃんはうなずきました。

「ありがとう。よかったね、良。実はね、これからたっちゃんのお家《うち》に寄って、ごあいさつしてから行くつもりだったのよ。ね、良」

「本当？　良ちゃん」

「うん。だって、やっぱりたっちゃんにはもう一度会いたかったから」

良ちゃんは、転校の話をしたあの日から、初めて元気に笑ってくれました。

「あのね、良ちゃん……。これあげる」

そう言ってたっちゃんがポケットから出したのは、恐竜《きょうりゅう》の形をした消しゴムでした。

「あの時、良ちゃんがこれ見せてって言ったのに、ぼく、見せてあげないでごめんね。だからあげる」

「でも、たっちゃんの大事なものなんでしょ？」

「いいよ。お友だちのしるしだから」

「ありがとう。ずっと大事にするね」

良ちゃんは、消しゴムを大切そうにリュックにしまいました。そして、中からマンガの絵のついたバッジを出しました。

「これあげる。荷物はみんなお父さんが向こうに持っていくんだけど、これだけはぼくが取っておいたの。たっちゃん、このマンガ大好きでしょ？」

「でも、良ちゃんだって大好きなのに」

「ううん、あげる。たっちゃんがくれた消しゴムと同じ、お友だちのしるしだよ」

「ありがとう、良ちゃん。ぼくもずっと大事にするよ」

たっちゃんと良ちゃんは、そこでいろんなお話をしました。あのこと、このこと……。思い出がたくさんありました。でも、良ちゃんはもう行かなければならないのです。

「たっちゃん、来てくれてありがとう。これからもずっと元気でね」

「ありがとう。良ちゃんも元気でね」

「さようなら、たっちゃん」

「さようなら、良ちゃん」

良ちゃんは、お母さんと一緒に駅へ向かって歩いていきました。途中《とちゅう》で何度も振《ふ》り返って、たっちゃんに手を振《ふ》りました。たっちゃんも何度も手を振《ふ》り、良ちゃんの姿が見えなくなるまで、そこで見送っていました。

何日かたった日の夕方。

たっちゃんは、お部屋で一人、良ちゃんがくれたバッジや、ゆみ子先生や一年三組のみんなと一緒に撮《と》った写真を見ていました。

その時……。さよちゃんのガラスのびんがきらっと光りました。たっちゃんは、びんの中を見てハッとしました。窓の外にも、ぽっと明るい光が見えています。

たっちゃんは、急いで窓をあけました。

「あっ！」

さよちゃんがそこにいて、今までと同じように手を振《ふ》ってくれました。

「さよちゃん、よかった！　来てくれたんだね。ぼく、もうさよちゃんに会えないんじゃないかって心配でずっと待っていたんだよ」

さよちゃんはうれしそうに、でも何だか淋《さみ》しそうにたっちゃんを見ていました。

「あの時はごめんね。さよちゃんは何にも悪くないのに、あんなこと言って、ぼく……」

「ううん、いいの。私も、たっちゃんのそういう気持ち、わかっていたよ」

たっちゃんは、ガラスのびんを大事そうに手に取りました。びんの中には薄《うす》むらさき色の粒《つぶ》と一緒に、薄《うす》いピンク色の粒《つぶ》と緑色の粒《つぶ》が入っていて、まぶしいくらいにきらきらと輝《かがや》いています。

「これ、ぼくがゆみ子先生や良ちゃんと、ちゃんとさようならができた〝しるし〟なんだね。さよちゃんのおくりもの……。ありがとう」

「うん。たっちゃんの大切なものだよ」

「ぼく、わかったんだ。あの……」

難しくて、うまく言えませんでした。それでもたっちゃんは、もうすぐ二年生になる自分ができるすべてを出すような気持ちで、一生懸命《いっしょうけんめい》言いました。

「誰《だれ》か大切な人とお別れしなければならない時は、ちゃんと〝さようなら〟って言わなきゃいけないんだね。ごめんねとか、ありがとうとかも……。さようならは悲しいけれど、言わないともっと悲しくて、淋《さみ》しくなるんだね」

「そうよ。たっちゃん」

その時、なぜかさよちゃんは、今までより少し大人びて見えました。

「さよちゃんが教えてくれたんだよ。だからぼくは、大好きな人たちとちゃんとさようならができたよ。さよちゃんは、そのためにぼくのところに来てくれたんだね」

「……うん」

さよちゃんは、じっとたっちゃんの目を見つめて言いました。

「でも、たっちゃんはもうわかったんだね。誰《だれ》かとさようならをする時が来ても、たっちゃんは大丈夫。そういう時が来たの。私、たっちゃんとは、これでもう……」

さよちゃんの目に涙《なみだ》がにじんでくるのが見えました。

「さよちゃん……どうしたの？」

「私は、もうたっちゃんにしてあげられることが何もないの。だから……、お別れの時なの」

「えっ？」

たっちゃんはハッとしました。さよちゃんの目は、今までで一番淋《さみ》しそうに見えました。

「さよちゃん。お別れって……、ぼくたちの？　さよちゃんはもう、ぼくのところに来られなくなるの？」

さよちゃんはうなずきました。涙《なみだ》がいくつもいくつもこぼれてきました。

「今日は、お別れのために来てくれたの？」

「私、たっちゃんとお話しできることがとっても楽しくて、それで何度も会いに来たの。こんな楽しいこと、初めてだったの。私、たっちゃんが大好きだけど、もう……」

「もう、会えなくなっちゃうんだね」

そう。さよちゃんは〝さようならの精《せい》〟。いつまでも一緒にはいられないのです。

「どこかへ行っちゃうの？　また、誰《だれ》かほかの子のところへ行くの？」

「わからない。誰《だれ》かのところへ行っても、たっちゃんみたいに私に気がついて、信じてくれる人じゃなかったら、私は消えてしまうから」

「そんな……。悲しいよ、さよちゃん」

「だから、誰《だれ》ともお友だちになれないと思っていたけれど、たっちゃんとお友だちになれて、とってもうれしかったの。ありがとう」

「ぼくだって、とっても楽しかったよ。ぼくもさよちゃんが大好き。さよちゃんのこと、いつまでも忘れないからね。絶対に」

ほんの、ほんの短い間しか一緒にいられなかったさよちゃん……。たっちゃんは、淋《さみ》しくてたまりませんでした。でも、さよちゃんはもっともっと淋《さみ》しいんだ、そう思って、泣きそうになるのをがまんしていました。

「会えなくなったって、さよちゃんとぼくはお友だちだよ。さよちゃんは〝さようならの精《せい》〟だけど、そんなこと関係ないもん」

「本当？　たっちゃんは私のことをこれからもずっとお友だちだって思ってくれるの？」

「うん。ずっと、ずーっとね」

「ありがとう、たっちゃん」

「ありがとう、さよちゃん」

最後にたっちゃんとさよちゃんは、そっと手を重ねました。

「たっちゃん、〝さようなら〟って、悲しいだけじゃないから……」

「え……？」

「たっちゃん、さようなら」

さよちゃんは手を振《ふ》りました。そして、白いきらきらした光に包まれるように、そのままどこかへ行ってしまいました。

「さようなら、さよちゃん！」

たっちゃんは精一杯《せいいっぱい》言いました。

でも、そこにはもう、さよちゃんの姿はありませんでした。

たっちゃんは、泣きじゃくっていました。さよちゃんのぬくもりが残るたっちゃんの手の中で、ガラスのびんだけがきらきらと光っていました。

それから……さよちゃんがたっちゃんに会いに来ることは、もう二度とありませんでした。


四月が来ました。空も町も暖かい春の色です。

たっちゃんは、二年生になりました。

二年三組には、ゆみ子先生のあとに、さとし先生という若い男の先生が来ました。体育の得意な元気な先生です。怒ると怖いこともありますが、一緒にいると楽しくて、たっちゃんはさとし先生のことも大好きになりました。

夏休みの少し前、花壇《かだん》ではゆみ子先生のお花も、たっちゃんと良ちゃんが植え直したあのお花も、みんなきれいに咲きました。

「ゆみ子先生のお花は、ひめゆり。こっちのお花は、やぐるまそうっていう名前だよ」

さとし先生は、図鑑を見ながらたっちゃんたちに教えてくれました。

二年生でもいろいろなことがあり、たっちゃんの思い出になっていきました。

元気で明るくて、相変わらずやんちゃなたっちゃん……。でも一つだけ、変わったことがありました。おばあさんやゆみ子先生を困らせたようないたずらは、前よりだいぶ控えめになったのです。

三年生になるとクラスが変わり、二年三組のみんなも、別々のクラスになりました。たっちゃんたちにとっては、ちょっぴり淋《さみ》しいお友だちとのお別れでもありました。

でも、新しいクラスで新しいお友だちもたくさんできました。たっちゃんは、三年生でもまたみほちゃんと同じクラスになれたことが、なぜかとてもうれしかったのです。小学校の卒業式では泣いていたお姉ちゃんも、楽しそうに中学校へ通いはじめました。新しい制服がよく似合っていました。

たっちゃんはサッカーを習いはじめ、毎日がんばっていました。大きくなったらサッカーの選手になりたい……。そんな夢も芽生えました。

楽しいこともつらいこともたくさんありました。その中でたっちゃんは、体も心も少しずつ大きくなっていきました。

＊

それから時がたち、たっちゃんは五年生になりました。

五年生の日々もあと一か月ほどになった二月の終わり頃、良ちゃんからお手紙が来ました。お父さんのお仕事の都合で、この町に戻《もど》ってくることになった、というお手紙です。六年生になる四月からは、またたっちゃんと同じ学校に通うそうです。

たっちゃんはうれしくて、そのお手紙を何度も何度も読み返しました。

〈ぼくは転校してから、この学校でもたくさんの友だちができました。好きな先生もいます。町もそちらと同じようにいい所で、ぼくは四年間、楽しく過ごせました。

また転校で、この学校や先生、友だちとさようならをするのは、やっぱり淋《さみ》しいです。でも、そのさようならがあるからたっちゃんたちにまた会えるんだよね。今はうれしいし、会える日を楽しみにしています。たっちゃんはやっぱり、ぼくの大切な友だちです。

そうだ。たっちゃんにもらった恐竜《きょうりゅう》の消しゴム、ずっと大切にしているよ〉

たっちゃんは、机の引き出しから良ちゃんにもらったバッジを出しました。ずっと大切にしていた〝お友だちのしるし〟です。

そして、さよちゃんのガラスのびんをそっと手に取りました。びんは今も、もらった時と同じようにきれいで、きらきらと輝《かがや》いています。たっちゃんには、その光に重なって、さよちゃんの優しい笑顔が見えました。

（さよちゃん。きみは今も、どこかでぼくのことを見ていてくれるんだね。あれから、誰《だれ》かに会えた？　あの時は悲しかったさようならも、今はみんなぼくの大切な思い出だよ。新しい出会いもあったし、だからさようならは悲しいだけじゃないんだね。ぼく、さよちゃんに会えて本当によかった。あの時教えてくれたことが、さよちゃんの本当のおくりものだったんだね。ありがとう、さよちゃん）

たっちゃんは、心の中で言いました。

それから、大事な良ちゃんからのお手紙にお返事を書きはじめました。

こうしてたっちゃんは、また一つ、大きくなりました。

―　おわり　―

あとがき

このたび、私の二冊目の拙書『さよちゃんのおくりもの』が出版されることになりました。私自身も大好きなこの作品を、みなさんにお届けできる機会を与えていただき、心から幸せに思っています。

私事で失礼いたしますが、この作品のことを考える少し前に、父との永遠の別れを経験しました。その前の入院中は、コロナ禍の影響でリモートでの面会しかできず、最後に伝えたかったたくさんの言葉、特に〝ありがとう〟の一言を直接言えないままだったことが、ずっと私の心に影を落としていました。

そのことも、この作品への想いにつながったのかもしれません。

出会いと別れ……。そんな大きなことを考えたわけではありません。ただ、私が今感じている〝さようなら〟という言葉の本当の大切さや美しさを、たっちゃんというやんちゃだけれど純粋な男の子の心を借りて、私なりに、まっすぐに表現してみたつもりです。

と言うより、さよちゃんが私にも教えてくれたような……。そんな気がします。

たっちゃんやさよちゃんの想いが、この本を読んでくださったみなさんにも届いたら、私も本当に嬉しく思います。

思い返してみると、私も小学一年生の時の担任だった女の先生とは、ゆみ子先生とたっちゃんのようなお別れをしたなぁ……。そんなことも懐かしく思い出しながら、とても優しい気持ちでこの作品を書くことができました。

この本が出版される今、何だかたっちゃんや良ちゃんの巣立ちを見守るような気持ちです。みなさんにも、たっちゃんたちを温かい目で見つめながら読んでいただけたらと、願っています。

最後に、文芸社出版企画部の砂川正臣さん、担当編集者の伊藤ミワさんには、前作に引き続き、本当にお世話になりました。イラストレーターのしょこら・ぺすさんの心のこもった挿し絵も、私は大好きです。そして、この本を選んでお読みくださったみなさん……。すべての方に、私の心からの感謝の気持ちをお届けしたいと思います。

またいつか、作品をお届けできる日が来ることを願いつつ……。

ありがとうございました。

彩樹　けい

著者プロフィール

彩樹 けい（さいき けい）

本名　竹内景子
1965年生まれ
埼玉県出身
著書『雪と花』（2023年、文芸社）

本文イラスト：しょこら・ぺす、株式会社 i and d company

さよちゃんのおくりもの

2024年2月15日　初版第1刷発行

著　者　彩樹 けい
発行者　瓜谷 綱延
発行所　株式会社文芸社
〒160-0022　東京都新宿区新宿1－10－1
電話　03-5369-3060（代表）
03-5369-2299（販売）

印刷所　株式会社フクイン

ISBN978-4-286-24894-3